COMMENT
RUGIR

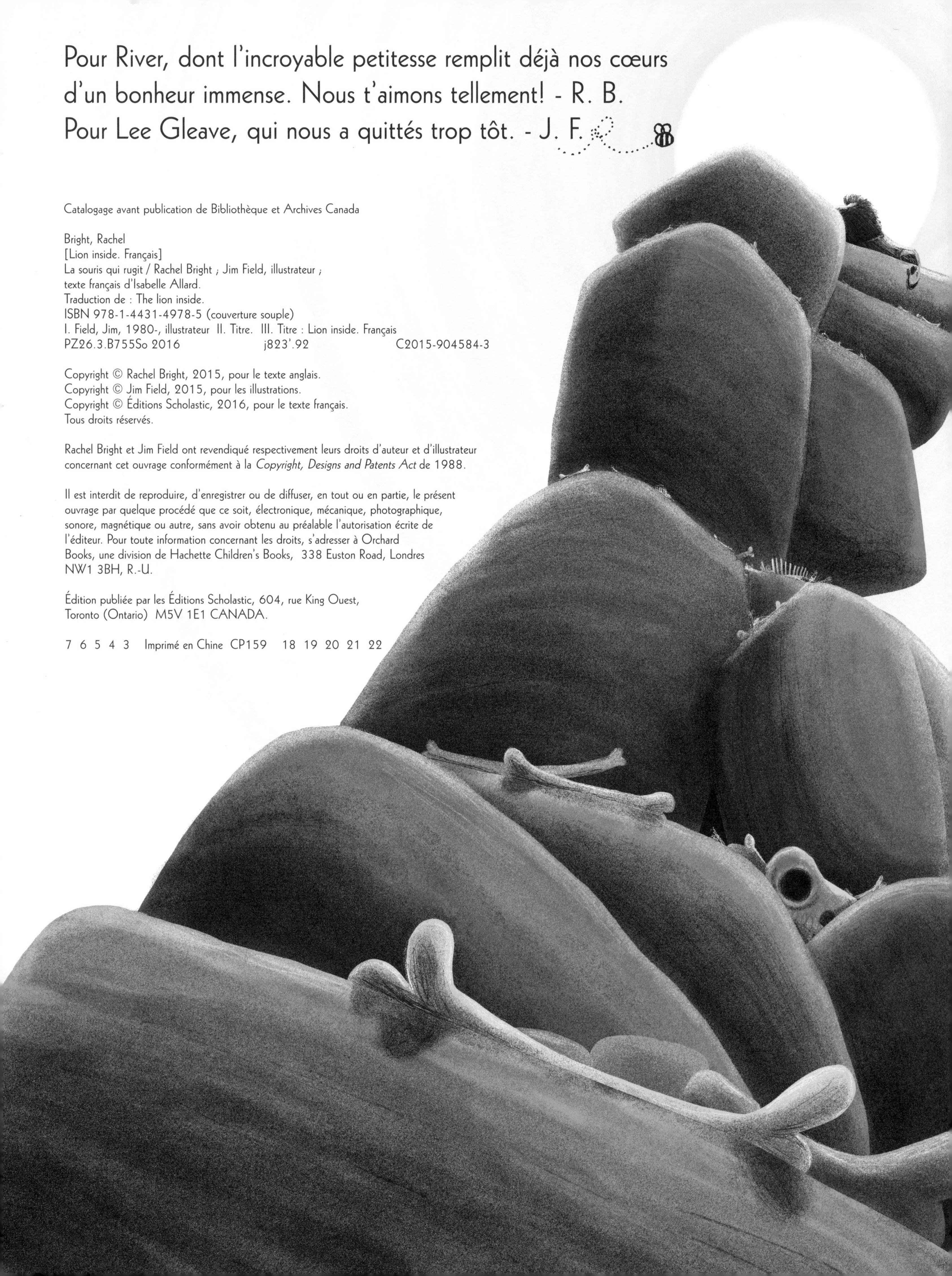

Pour River, dont l'incroyable petitesse remplit déjà nos cœurs d'un bonheur immense. Nous t'aimons tellement! - R. B.
Pour Lee Gleave, qui nous a quittés trop tôt. - J. F.

Catalogage avant publication de Bibliothèque et Archives Canada

Bright, Rachel
[Lion inside. Français]
La souris qui rugit / Rachel Bright ; Jim Field, illustrateur ;
texte français d'Isabelle Allard.
Traduction de : The lion inside.
ISBN 978-1-4431-4978-5 (couverture souple)
I. Field, Jim, 1980-, illustrateur II. Titre. III. Titre : Lion inside. Français
PZ26.3.B755So 2016 j823'.92 C2015-904584-3

Édition publiée par les Éditions Scholastic, 604, rue King Ouest, Toronto (Ontario) M5V 1E1 CANADA.

7 6 5 4 3 Imprimé en Chine CP159 18 19 20 21 22

LA SOURIS QUI RUGIT

Rachel Bright

Jim Field

Texte français d'Isabelle Allard

Dans la grande savane,
où le sable miroite au soleil,
se trouve un vieux rocher plat,
d'une hauteur sans pareille.

Sous ce tas de pierres,
dans un minuscule logis,
vit la plus petite et la plus
discrète des souris.

Elle est si
incroyablement menue
qu'elle passe TOTALEMENT...
inaperçue.
ALLÔ

On s'assoit sur elle
et on l'écrase constamment.
Elle est ignorée et oubliée.

La vie de souris…
ce n'est vraiment pas évident.

Mais EN HAUT du rocher,

c'est une autre histoire.

Le LION règne

sur son territoire.

Il est énorme et menaçant, et TOUS l'admirent.

Pour prouver son IMPORTANCE, il n'a qu'à...

RRRR

RUGIR

Il est le CHEF
de la bande.
Il fait son MATAMORE.

Il adore montrer à la foule
qu'il est le plus FORT!

Oui, TOUS sont impressionnés
par le roi des félins.
« J'aimerais tant lui ressembler »,
pense la souris dans son coin.

Puis, par une nuit sombre, dans son tout petit lit,

la souris a soudain une idée de génie.

Elle rejette ses couvertures, incapable de dormir.

— Je sais! s'écrie-t-elle. Tout ce que

je dois faire, c'est

Et si moi, la mini souris au petit couinement,
j'étais moins docile
et j'avais plus
de mordant?

Je serais toujours
une petite souris fragile,
mais je me ferais des amis
et la vie serait plus facile!

« Oui, pense la souris, je DOIS absolument trouver comment! Je VEUX apprendre à rugir IMMÉDIATEMENT! »

Mais UN SEUL animal peut le lui enseigner! GLOUP! Risque-t-elle de se faire DÉVORER?

Elle se sent petite
depuis toujours.
Le moment est venu
de faire preuve de bravoure!

Elle s'arme donc de COURAGE

et monte voir le lion

en espérant qu'elle ne lui servira

pas de collation!

De toute sa vie,

elle n'a jamais été aussi effrayée.

Mais il faut prendre des risques

pour changer!

Plus elle monte,
plus elle se rapproche
du lion qui dort
au sommet de la roche.

Enfin, elle se dresse
sur la pointe des pieds,
et les voilà soudain
tous deux…

NEZ À NEZ.

– GLOUP! pardon, monsieur Lion,

d'être montée jusqu'ici!

SCOUIC! pourriez-vous m'apprendre

à rugir, SCOUIC! je vous prie?

Le silence règne sur la plaine environnante.

Le lion ouvre les yeux et secoue sa crinière chatoyante.

Le temps ralentit. La souris est prise de panique.
Puis le lion ouvre la gueule et laisse échapper un...

SCOUIIIIIIIC!!!

Le lion frissonne! Le lion a la tremblote!

Il recule aussitôt, les pattes en compote.

— Ne me fais pas mal! gémit-il. Sois gentille, s'il te plaît!

Ça alors! Ce lion majestueux a peur des souris, on dirait!

— Ne crains rien, dit la souris. Je viens en amie.

On va S'AMUSER tous les deux, c'est PROMIS.

C'est un moment magique, car tout à coup,
la souris ne se sent plus petite DU TOUT.
Elle a trouvé sa voix et peut s'exprimer.
Et elle n'a pas besoin de rugir ni de crier.

Dès lors, les deux amis font très bon ménage.
Ils aiment bien leur rocher depuis qu'ils le partagent.
La souris, bien que petite, se sent **GRANDE,** ma foi!
Quant au lion, il rugit toujours... mais de joie!

Ce jour-là, ils ont appris

que peu importe notre grandeur,

nous avons tous une souris

ET

un lion dans le cœur.